GW01086650

Mar endins, al fons més blau de l'oceà,
hi havia un majestuós palau de corall. Hi
vivia el rei del mar, un tritó molt savi,
amb les seves filles, cinc belles sirenes.

La filla petita era la més bonica i amb el seu cant captivava tothom que la sentia. Però la Sireneta només tenia un desig: fer quinze anys per sortir a la superfície i veure el cel, com les seves germanes.

Arribà l'aniversari esperat i el rei li digué:
—Filla meva, ja pots sortir a respirar l'aire.
Però recorda que el món dels homes no és
el nostre. No t'hi acostis pas, perquè només
et portaran desgràcies.

La Sireneta s'afanyà a nedar cap a la
superfície i de seguida quedà meravellada en
veure les primeres estrelles. Llavors s'acostà
una nau on se celebrava una festa en
honor d'un jove. El noi era tan formós que
la Sireneta no es podia estar de mirar-lo.

Però es va formar una tempesta terrible i la
nau, empesa pel vent i les onades, s'enfonsà.
La Sireneta va poder portar el jove,
inconscient, a la platja. Es va estar al seu
costat fins que l'arribada d'unes dames la va
fer tornar a l'aigua.

Quan el jove va obrir els ulls tenia davant
seu el bonic rostre d'una dama desconeguda i
va creure que ella l'havia salvat. La Sireneta,
molt trista, tornà al palau del mar, perquè el
seu amor pel jove no tenia esperança.

Va passar molts dies tancada sense voler
veure ningú; fins que anà a demanar ajut
a la fetillera dels abismes. La dona li va
donar una poció màgica però, a canvi, li
va prendre la seva veu meravellosa.

I, a més, la fetillera la va advertir:

—La poció canviarà la teva cua de peix per unes cames, però patiràs uns dolors terribles en caminar. I si l'home que estimes es casa amb una altra, et convertiràs en escuma de mar.

La Sireneta s'acostà a la platja i es va prendre la poció. Tot seguit va notar un dolor que li va fer perdre el coneixement. Quan va obrir els ulls, el jove, que era un príncep, era davant seu. I creient que aquella noia tan bonica havia naufragat, se la va endur al castell.

I la Sireneta començà una nova vida. Duia uns vestits molt elegants i acompanyava el príncep en els seus passejos i als balls. Però no hi podia parlar i patia els terribles dolors que la fetillera li havia anunciat.

El príncep sentia afecte per la Sireneta. Però ella sabia que la seva estimada era la dama que l'havia trobat a la platja, que havia hagut de tornar al seu país. La Sireneta patia molt i cada nit plorava desconsolada a la vora del mar.

Fins que un dia arribà a port una nau que portava l'estimada del príncep. Ell li va demanar la mà de seguida i la dama acceptà encantada. Després del casament van emprendre un viatge per mar en companyia de la Sireneta.

Aquella nit les germanes de la Sireneta es van acostar al vaixell i la van cridar.

—Agafa aquest punyal màgic —li van dir—. La fetillera ens l'ha donat a canvi dels nostres cabells. Mata el príncep amb aquest punyal i tornaràs a ser una sirena, no patiràs més.

La Sireneta es va apropar al llit on dormien els esposos, però no es va veure amb cor de matar el príncep. Deixà anar el punyal i es llençà al mar, disposada a convertir-se en escuma. Llavors va sortir el sol i una força misteriosa elevà la Sireneta fins al cel.

Entre el dring-dring d'unes campanetes, va sentir unes veus que li deien:
—Vine amb nosaltres, Sireneta! Som les fades del vent. Farem el bé durant tres-cents anys fins a aconseguir una ànima immortal.

La Sireneta va plorar en veure el príncep allà baix. I convertida en un ésser invisible, abraçà l'esposa del seu estimat, envià al príncep un somriure i s'elevà entre els núvols, seguint les filles del vent.